KB270761

문학과지성 시인선 10

우리를 적시는 마지막 꿈

金光圭詩集

문학과지성사에서 펴낸 김광규의 시집

아니다 그렇지 않다(1983)
크낙산의 마음(1986)
좀팽이처럼(1988)
아니리(1990, 개정판 2015)
물길(1994)
가진 것 하나도 없지만(1998)
누군가를 위하여(2001, 시선집)
처음 만나던 때(2003)
시간의 부드러운 손(2007)
하루 또 하루(2011)
오른손이 아픈 날(2016)
안개의 나라(2018, 시선집)
그저께 보낸 메일(2023)

문학과지성 시인선 10
우리를 적시는 마지막 꿈

초판　1쇄 발행　1979년 10월 25일
초판 13쇄 발행　1991년　8월 10일
재판　1쇄 발행　1994년　6월 10일
재판　9쇄 발행　2023년　4월 28일

지은이　김광규
펴낸이　이광호
주간　이근혜
펴낸곳　㈜**문학과지성사**
등록번호　제1993-000098호
주소　04034 서울 마포구 잔다리로7길 18(서교동 377-20)
전화　02)338-7224
팩스　02)323-4180(편집)　02)338-7221(영업)
대표메일　moonji@moonji.com
저작권 문의　copyright@moonji.com
홈페이지　www.moonji.com

ⓒ 김광규, 1994. Printed in Seoul, Korea

ISBN 89-320-0086-7 02810

문학과지성 시인선 10

우리를 적시는 마지막 꿈

김광규

1994

自 序

　아무도 되어보지 못한 그런 사람이 되어
아무도 써본 적이 없는 그런 글을 써보려는
것이 나의 오랜 소망이었다. 무엇인가 되어
버린다는 것이 두려워 언제나 되어가는 도중
에 있고 싶었다. 그런데 정작 지난 다섯 해
동안 쓴 글을 모아 이렇게 단행본을 내게 되
니 이미 누군가와 비슷한 사람이 되어 누구
의 것과 비슷한 글을 쓴 것만 같아 부끄러운
생각이 든다. 하지만 어리석은 나의 소망을
앞으로도 버리지 않을 것이다. 소망은 이뤄
질 수 없는 데 그 가치가 있고 소망을 간직
할 수 있는 것은 바로 삶의 보람이라고 믿기
때문이다.

1979년 가을

金　光　圭

차 례

▨ 自 序

1

有　無

詩 論

여름 한낮 땡볕 아래
텅 빈 광장을 무료하게 지나가다
문득 멈춰서는 한 마리 개의
귓전에 들려오는

또는 포도밭 언덕에
즐비한 시멘트 십자가를 타고
빛과 물로 싱그럽게 열리는

소리를

바닷속에 남기고 물고기들은
시체가 되어 어시장에서
말없이 우리를 바라본다
저 많은 물고기의 무연한 이름들

우리가 잠시 빌어 쓰는
이름이 아니라 약속이 아니라
한 마리 참새의 지저귐도 적을 수 없는
언제나 벗어던져 구겨진

언어는 불충족한
소리의 옷

받침을 주렁주렁 단 모국어들이
쓰기도 전에 닳아빠져도
언어와 더불어 사는 사람은
두려워하지 않고 슬퍼하지 않고
아무런 축복도 기다리지 않고

다만 말하여질 수 없는
소리를 따라
바람의 자취를 좇아
헛된 절망을 되풀이한다

靈 山

내 어렸을 적 고향에는 신비로운 산이 하나 있었다.
아무도 올라가본 적이 없는 靈山이었다.

靈山은 낮에 보이지 않았다.
산허리까지 잠긴 짙은 안개와 그 위를 덮은 구름으로
하여 靈山은 어렴풋이 그 있는 곳만을 짐작할 수 있을 뿐
이었다.

靈山은 밤에도 잘 보이지 않았다.
구름 없이 맑은 밤하늘 달빛 속에 또는 별빛 속에 거무
스레 그 모습을 나타내는 수도 있지만 그 모양이 어떠하
며 높이가 얼마나 되는지는 알 수 없었다.

내 마음을 떠나지 않는 靈山이 불현듯 보고 싶어 고속
버스를 타고 고향에 내려갔더니 이상하게도 靈山은 온데
간데 없어지고 이미 낯설은 마을 사람들에게 물어보니 그
런 산은 이곳에 없다고 한다.

有無 1

染料商 붉은벽돌집
봄비에 젖어
色相表에도 없는 낯설은 색깔을 낸다

아무도 눈여겨보지 않은 이 색깔
지붕에 벽에 잠시 머물다
슬며시 그 집을 떠난다

보일 듯 잡힐 듯 그 색깔 따라
눈이 좋은 비둘기는
鍾樂이 울리는
아지랑이 속으로 날아간다

날다 지쳐 마침내 되돌아온 비둘기
옆집 TV 안테나 위에 앉아
染料가 지저분한 벽돌집을 물끄러미 바라본다

有無 2

그것은 멀리 지평선 위로 희미하게 떠돌기도 하고 아주 가까이서 나의 주위를 맴돌기도 했다.

나비처럼 너풀너풀 날다가 어깨 위에 내려앉고, 살그머니 손을 뻗치면 다람쥐처럼 재빨리 달아나고, 숨을 헐떡이며 쫓아가면 어느새 나의 몸 속으로 스며들어 가슴을 답답하게 했다.

언젠가 그것이 내 곁에 온 것을 붙잡은 적이 있었다. 뱀처럼 차갑고 미끈미끈한 것이 손에서 빠져나가려고 꿈틀댔다. 씨름하듯 그것과 맞붙어 엎치락뒤치락했으나 끝내 놓쳐버리고 말았다. 그것은 몸통도 머리도 다리도 날개도 없고 또한 보이지도 않았기 때문이다.

그것은 자꾸만 나를 따라다녔고 나는 언제나 그것을 뒤쫓았다.

어쩌다 책방에서 마주치는 수도 있었지만 집어보면 그것은 한 권의 책일 뿐이었다. 때로는 시장이나 백화점에서 그것이 눈에 띄었으나 손에 잡힌 것은 생선이나 과일 또는 의복 따위였다. 한번은 그것이 단정한 중년의 사나이가 되어 걸어가는 것을 보고 따라갔는데 그는 평범한 보험회사 사원이었다. 밤에도 환하게 빛나는 곳이 있어 달려가보았더니 거기에는 24시간 가동하는 중화학공장이 있었다.

우연히 처음 와보는 어느 골목길에서 마침내 나는 그것을 발견했다. 어디선가 많이 본 느낌이 드는 허름한 양옥집의 뒤쪽이었다. 반쯤 햇볕이 든 장독대 곁에 쓰다 버린 가구들이 널려져 있고 한 귀퉁이에 굴뚝이 비스듬히 서 있는 그것은 지저분한 풍경이었다.

골목길을 되돌아나오며 나는 행인들과 자동차와 가로수와 담배가게와 길가의 리어카에서 그것을 보고 놀랐다. 그것은 이 세상 어디에나 있는 모습 같았다.

그러나 손으로 붙잡으려면 그것은 여전히 아무 곳에도 없었다.

나

살펴보면 나는
나의 아버지의 아들이고
나의 아들의 아버지고
나의 형의 동생이고
나의 동생의 형이고
나의 아내의 남편이고
나의 누이의 오빠고
나의 아저씨의 조카고
나의 조카의 아저씨고
나의 선생의 제자고
나의 제자의 선생이고
나의 나라의 납세자고
나의 마을의 예비군이고
나의 친구의 친구고
나의 적의 적이고
나의 의사의 환자고
나의 단골 술집의 손님이고
나의 개의 주인이고
나의 집의 가장이다

그렇다면 나는
아들이고
아버지고
동생이고
형이고
남편이고
오빠고
조카고
아저씨고
제자고
선생이고
납세자고
예비군이고
친구고
적이고
환자고
손님이고
주인이고
가장이지
오직 하나뿐인

나는 아니다

과연
아무도 모르고 있는
나는
무엇인가
그리고
지금 여기 있는
나는
누구인가

中 年

낯선 도시에서
술 취한 저녁
부동산 업자가 오토바이를 타고
쫓아오며 경적을 울렸다
나는 모른 척 걸어갔다
주유소 앞을 지나 비탈길을
자갈이 깔린 비탈길을
비틀대며 걸었던 것이다
어둠을 피해
어느 사진관 입구
불빛 앞에 섰을 때
나는 안으로 들어갈 마지막 기회를 잃었다
그리하여 밤새도록 술 마시고
웩웩 토하고
해장국집을 나섰을 때
밤을 새운 가로등은 피곤해 보였고
부지런한 행인들은 더욱 낯설었다
냉수를 마시고
손을 씻고
어딘가 여름 풀밭에 누워
나도 여유 있는 웃음을 웃고 싶었다

釜 山

아침 바다 밀물에
햇빛이 밀려오면
아기들은 눈부셔
울며 태어난다
빛과 울음의 안개 속에
엄마의 낯선 모습 나타나고
거울에 비친 동백꽃은
어느 날 빨간 입술이 된다

가득한 바다의 갈증이
거품으로 흩어지는 만조
파도는 집집마다 문이 잠겨 되돌아가고
기름처럼 괴어 있는 물은
바다를 그리워하다 늪이 된다

민둥산 골짜기로 바람에 밀려
해는 갑자기 기울고
방언 없는 갈매기들이 세관 주변을 날으는 동안
여자들은 메주를 말리며
내일이 언제나 다시 오리라 믿는다

밤 바다 썰물에
달빛이 씻겨가면
죽음은 약의 모습으로
도심에 몰려든다
자동차들은 어둠 속에
텅 빈 공간을 열고
뛰어가다 죽는 이들은
유언 대신 어색한 몸짓을 남긴다

葉 書

눈 덮인 전나무숲을 지나
오스트리아로 달려가는 급행 열차

민들레 가득한 들판에
암젤*의 노랫소리

알프스를 넘어오는
지중해 바람의 넋

오버바이에른의 가을 마을에
나는 때때로 안개가 되어

가버린 나에게
편지를 쓴다

* 암젤(Amsel) : 부리는 노랗고 몸은 까만 지빠귀새 종류. 독일
  의 곳곳에 많이 살며 그 노랫소리가 꾀꼬리처럼 아름답다.

未 來

19시 30분 서울역 도착
기차 시각표에 적힌 그대로
세련된 상표 붙은 인형들 싣고
서둘러 특급 열차 달려간 뒤
초여름 들판에 빈 철로가 남는다

꼬불꼬불 밭둑길 논둑길 따라
타박타박 걸어가는 어린 여학생
하얀 블라우스와 까만 치마
훈풍이 스쳐가고
참으로 헤아릴 수 없는 그녀의 앞날
논물에 얼비쳐 눈이 부시다

여름날

달리고 싶다
가시덤불 우거진 가파른 산비탈
기관총에 맞은 게릴라처럼
피를 뿜으며
구르고 싶다
풀에 맺힌 이슬로 혀끝 적시고
새가 되어 계곡 깊숙이
날아 내리고 싶다

넘어지고 싶다
몰려오는 파도에 채여
깎이지 않는 바닷가
한낮의 햇볕 아래 무릎 꿇고
마지막 땀방울까지
흘리고 싶다
바다 밑 깊은 골짜기에
그림자 드리우고
알몸으로 돌처럼
가라앉고 싶다

돌아가고 싶다
끈끈한 어둠의 숨결
무더운 수액 출렁이는 숲속으로
들어가 길을 잃고
헤매고 싶다
쓰러져
잦아들어
땅속을 흐르고 싶다

늦가을

아침 까치는 이미
아무런 기다림도 전하지 않는다
십원을 아껴가며 참고 견뎌
이제는 모든 것을 샅샅이 알아버렸다

뭉툭한 콧날에 무뎌진 눈빛
안으로 닳아빠진 손끝으로
깡마른 여인은 연탄을 갈아넣고
빈 사과 궤짝을 한 손에 든 채
치맛자락 펄럭이며
철새들이 날아드는 들판으로 나간다

여름 햇빛에 수없이 빛나던 나뭇잎들
스산한 바람을 따라 몰려가고
서녘에 지는 해가 등뒤로
어머니의 긴 그림자를 남긴다

어느 志士의 傳記

관청에서는 그를 特異者라고 불렀다.

그는 어렸을 적부터 길바닥에 쓰러진 異敎徒를 보살펴 주었고, 젊었을 때는 교활하고 잔인한 强力犯을 옹호했으며, 나이가 들자 불온한 모임에 드나들며 地下運動을 벌였다.

세상은 언제나 亂世였다.

도저히 그는 편안하게 자고, 맛있게 먹고, 돈을 벌어 즐겁게 살 수가 없었고, 또 그래서는 안 된다고 믿었다.

언제나 몸보다 마음을 앞세운 그는 수많은 逸話가 증명하듯 크고 높은 뜻을 지닌 인물이었다.

그러나 死刑臺에 올라가기 전에 聖者처럼 태연할 수 없었던 그는 담배 한 개비와 술 한 잔을 달라고 했단다.

그의 마지막 소원이 이뤄졌는지 나는 모른다.

다만 자기의 몸과 헤어지게 된 순간 그는 큰 소리로 만세를 부르는 대신 연약한 인간이 되어 떨었던 것이다.

그의 志士답지 못한 最後가 나를 가장 감동시킨다.

꿈과 잠

가위에 눌려 한밤중 꿈에서 깨어났을 때 나의 몸은 이미 수의에 싸여 관 속에 들어 있었고 귀에 익은 목소리들이 나의 죽음을 슬퍼했다.

갑갑한 어둠 속에서 소리쳐 가족들을 불러봤지만 아무도 나의 외침에 귀기울이지 않았다. 하는 수 없이 나는 고인이 되어 화장터로 실려갔다.

화구에 불지피는 노인이 불방망이를 던졌다. 나는 선뜻 한 손으로 그것을 받아쥐고 눈부신 밝음 속으로 가뿟하게 날아올랐다.

교통이 불편한 홍제동까지 단숨에 날아와 눈에 익은 나의 집 문 앞에서 울먹이는 가족들을 붙잡고 숨가쁘게 내가 다시 돌아왔음을 알렸다.

그러나 나의 목소리는 그들에게 들리지 않았고 나의 모습은 그들에게 보이지 않았다.
돌아다보지도 않고 들어가 문을 잠그는 그들의 등뒤에서 나는 안타깝게 울부짖으며 잠드는 수밖에 없었다.

鎭魂歌

애초부터 그는 없었던 것이 아닐까
새벽녘 바다와 마주서서
흘러내리는 모래시계를 바라보며
때로는 건널목 신호등 앞에 잠시
걸음을 멈추고 생각했다
아니다
분명히 그는 있었다
창가에 걸린 그의 옷은 바람에 흔들리고
책상 위에 비스듬히 놓여 있는 안경
피우던 담배 다섯 개비 남았고
즐겨 마시던 술이 반 병쯤
눈빛 목소리 몸짓 떨쳐버리고
마침내 몸까지 남겨놓고
그는 떠나간 것일까
그를 보내고 우리가 남은 것일까
아니다
신발을 벗어놓고
그는 갑자기 안으로 들어갔다
기억 속으로 들어가버렸다
우리는 그러면 밖에 있는 것일까

밖에서 서성거리며 그를 찾는 것일까
그럴 필요는 없다
이제 아무것도 그를 가리지 못하고
우리를 숨기지 못한다
가장 뚜렷한 모습으로
그는 저 안에 있는 것이다
그를 생각하지 말고
그를 보라

墓碑銘

한 줄의 詩는커녕
단 한 권의 소설도 읽은 바 없이
그는 한평생을 행복하게 살며
많은 돈을 벌었고
높은 자리에 올라
이처럼 훌륭한 비석을 남겼다
그리고 어느 유명한 문인이
그를 기리는 묘비명을 여기에 썼다
비록 이 세상이 잿더미가 된다 해도
불의 뜨거움 꿋꿋이 견디며
이 묘비는 살아 남아
귀중한 史料가 될 것이니
역사는 도대체 무엇을 기록하며
詩人은 어디에 무덤을 남길 것이냐

Ⅱ
물의 소리

고　향

등이 굽은 물고기들
한강에 산다
등이 굽은 새끼들 낳고
숨막혀 헐떡이며 그래도
서울의 시궁창 떠나지 못한다
바다로 가지 않는다
떠나갈 수 없는 곳
그리고 이젠 돌아갈 수 없는 곳
고향은 그런 곳인가

봄노래

눈이 녹으며 산과 들
깊은 생각에 잠긴다

희미한 추억을 더듬는 들판
잡초들은 제 키를 되찾고
기억력이 좋은 미루나무
가지마다 꼭 같은 자리에
조심스레 나뭇잎들 돋아난다

진달래는 지난날 생각하며
얼굴 붉히고
산골짝에 풍기는 암내
시냇물은 싱싱한 욕정 흘리고
피임한 여자들은 예쁜
죽음의 아이를 낳는다

이윽고 깊은 생각에서 깨어나
산과 들 조금씩 자라고
남자들은 새로운 아파트를 지으며
고향에서 그만큼 멀어진다

저녁 길

날을 생각을 버린 지는 이미 오래다

요즘은 달리려 하지도 않는다
걷기조차 싫어 타려고 한다
(우리는 주로 버스나 전철에 실려다니는데)
타면 모두들 앉으려 한다
앉아서 졸며 기대려 한다
피곤해서가 아니라
돈벌이가 끝날 때마다
머리는 퇴화하고
온몸엔 비늘이 돋고
피는 식어버리기 때문이다
그래도 눈을 반쯤 감은 채
익숙한 발걸음은 집으로 간다

우리는 매일 저녁 집으로 돌아간다
파충류처럼 늪으로 돌아간다

小夜曲

저녁내 싸우던 아낙네들도
마침내 지쳐 깊은 잠이 들고

까치의 꿈꾸는 소리를 덮으며
산골짝에 안개가 피어오르고

카시오페이아도 짐짓
바다에 제 모습을 비춰보는
어둠의 核

무덤을 밟으며 술 취한 꿈속으로
지네가 기어가고

가난한 집 마당에 널려진 해골
싹이 튼 연탄재가 빛이 되어 자라고

커다란 공장 굴뚝이
바람 없는 하늘에 뿌리는
죽음의 재

밤은 눈이 없어 아무도 볼 사람이 없어
벗어놓은 안경도 음탕하게 다리를 벌리고

내일은 보다 많이 태연히 끔찍한 일을
보기 위해 그 많은 눈들의 휴식

通禁의 길 위에 떨어진
윤활유 한 방울만이 이슬과 함께
영롱한 빛을 준비하고

11　月

컨테이너 트럭이 가슴을 울리며 달려가는
루이제키젤바하 광장
서리 맞은 벤치에 앉아
노인은 아침부터 맥주를 마셨다
부드러운 잠을 잃은 뒤로
성경을 읽는 일도 그만두었다

세탁물을 찾으러 가던 노파는
막내딸의 편지를 받고 무척 기뻐했다
그에게는 한 달에 한 번씩
보험회사의 계산서가 올 뿐
맞은쪽 아파트 시멘트벽에
가로수들은 불편하게 그림자를 세우고
길가의 창문들은 온종일 닫혀 있었다

낡은 외투에 차가운 지팡이를 짚고
남처럼 멀어져 투박한 그의 몸이
앞장서 그를 이끌고
해지는 광장을 느릿느릿 건너갔다
슈퍼마켓이 닫힐 시간
양로원 지붕 위로 날으는 비둘기떼

물의 힘

바닷가에 밀려오는
보이지 않는
힘
맨몸으로 뛰어들어
몸부림쳐도
끝내 만질 수 없는
욕망

귀 막고
눈 가리고
입 다물고
옷으로 가려도
끝내 억누를 수 없는
욕망의
일어나는
힘

비가 되어 나리다가
나무가 되어 자라다가
바람이 되어 불다가

돌이 되어 뭉쳤다가
피가 되어 흐르다가
문득 터지는
힘의
순결한
욕망

종이에 쓸 수 없고
기계로 잡을 수 없고
법으로 다스릴 수 없는
힘을 감추고
욕망의 모습으로
괴어 있는
물
흐르는 물
밀려오는 물의
가득한
두려움

물의 모습 1

비를 맞으며
만족하게 서 있는 나무들 사이로
빗물이 떨어진다

땅을 적시고
땅 위에 괴었다가
땅속으로 스며들지 않고
물은 정답게 흘러간다

바다 밑으로 스며들지 않고
바다에 가득 괴었다가
바닷가로 다시 올라와
물은 그린란드의 무서운 얼음이 된다

바다는 이미
땅이 끝나는 곳에서
시작되지 않는다

물의 모습 2

그러나 오줌과 정액 피와 땀이 뒤섞인
땅 위의 생활을 하지 않고 물은
곧 돌아간다
길가의 더러운 하수도를 지나
강가의 시원한 나무 그늘을 지나
아무것도 바라보지 않고 물은
흘러내려가
가장 낮은 곳에서
바다가 된다

돌면서 멈춰선 팽이의 머리처럼
수평으로 머물다가 물은
바람이 불면 겉을 뒤집고
말없이 깊은 속을 보여주지만
그 속은 눈앞에서 언제나 겉이 되어
우리는 결국 겉만을 본다
위도 아래도 없이 스스로 출렁대는 물은
아무 생각도 하지 않고
누구도 속일 수 없어
해일이 없는 어느 날

조용히 우리를 찾아온다

부두의 기중기를 가라앉히고 물은
땅 위로 올라온다
천천히 강을 거슬러올라와
계곡을 넘쳐 산을 잠기게 하고
갈라진 모든 땅을 하나로 뒤덮고
우리의 속을 그 겉이 되게 하고
우리의 밖을 그 안으로 만든다
그리고 우리를 가득 채운 물은
우리를 적시는 마지막 꿈이 된다

물의 소리

海草처럼 흐느적거리는
산과 들과 나무와 하늘 사이로
보라 황막한 땅 위의 풍경을

안타깝게 날개를 퍼덕이며 새들은 날고
네 발로 거북하게 짐승들은 달리고
바퀴를 굴려 가는 자동차와
바람 속을 떠다니는 비행기들
사람들은 위태롭게 두 발로 걸으며

끝없는 渴症을 술로 빚어 마시고
물을 모방하여 神을 만들고
石油를 파내어 물을 배반하고
낮에는 살을 움직여 얼굴을 웃고
밤에는 둘씩 만나 어색한 장난을 하고
더럽혀진 몸뚱이를 다시 물로 씻는다

버림받은 金屬의 종족들이여
물기 없는 時間의 불을 피우고
썩어가는 손끝에 침 발라 돈을 세며

평생을 그 곁에서 불충족하라
더욱 많은 죽음을 괴로워하라
물의 축복은 베풀어지지 않는다

물오리

수직이 아니면서도
가장 곧게 자라는 나무
전기를 일으키지 않는
그 위안의 나뭇가지에
결코 앉지 않는
거룩한 새
오리는 눕거나 일어서지 않는다
겨울 강 물 위를 부드럽게 떠돌며
단순한 몸짓 되풀이할 뿐
복잡한 아무 관습도 익히지 않는다
눈 덮인 얼음 속에 가끔
물의 발자국 남기고
지진이 나면 돌개바람 타고
하늘로 날아오르며
죽음의 땅 위에 화석이 될
마지막 그림자 던지는
완벽한 새
오리가 날아왔다가
되돌아가는 곳
그곳으로부터 나는 너무 멀어졌다

기차를 타고 대륙을 횡단하고
비행기로 바다를 건너
나는 아무래도 너무 멀리 와
이제는 아득한 지평을 넘어
되돌아갈 수 없게 되었다
계절이 바뀔 때마다
무심하게 날개치며 돌아가는
오리는 얼마나 행복하랴
그곳으로 돌아가기 위해 나는
애써 배운 모든 언어를
괴롭게 신음하며 잊어야 한다
얼을 때보다 훨씬 힘들게
모든 지식을 하나씩 잃어야 한다
일어서도 또 일어서고 싶고
누워도 또 눕고 싶은
안타까운 몸부림도 헛되이
마침내는 혼자서 떠나야 할 것이다
날다가 죽어 털썩 떨어지는
오리는 얼마나 부러운 삶이랴
살아서 돌아갈 수 없는 곳

그 먼 곳을 유유히 넘나드는
축복받은 새
나는 때때로 오리가 되고 싶다

오 늘

교회당의 차임벨 소리 우렁차게 울리면
나는 일어나 창문을 열고
상쾌하게 심호흡한다
새벽의 대기 속에 풍겨오는
배기 가스의 향긋한 납 냄새
건강은 어차피 하느님의 섭리인 것을
수은처럼 하얀 콩나물국에 밥 말아 먹고
만원 버스에 실려 직장으로 가며
나는 언제나 오늘만을 사랑한다
오늘은 주택은행에 월부금을 내는 날

아침 아홉시 계기들의
따가운 시선을 느끼며 나는
매일 자라는 쇠 앞에 선다
문득 쇠 속에서 들려오는 귀뚜라미 소리
개구리 우는 소리
결코 잘못을 모르는 쇠가
나를 때때로 죄인으로 만든다
안전 제일로 살아온 사십 평생을
어떻게 뉘우쳐야 할까

참회한다 나는 기도해야 한다

핏발 선 눈에 두툼한 안경을 쓰고
오늘도 나는 쓰레기통을 뒤진다
담배꽁초와 구겨진 낙서
찌그러진 깡통 속에 들어 있을
음모를 찾기 위해
온종일 쓰레기통을 샅샅이 뒤진다
마침내 아무것도 발견하지 못하면
나의 마음은 더욱 불안해진다
음모가 없는 세상은 믿을 수 없는 것

연리 10%에 상환 기간 15년
원가 계산에 골몰하며 하루를 보내고
저녁때 나는 친구들을 만난다
오늘을 이기고 진 영리한 사내들이 모여
취하지 않기 위해 술 마시고
말하지 않기 위해 떠들어대고
통금 시간에 쫓겨 집으로 돌아오는 길
골목길 전봇대 옆에 먹은 것을 토하고

잠깐 소주처럼 맑은 눈물 흘리며
뿌옇게 빛나는 별을 바라본다

나무 없는 마을에 텔레비전이 끝나면
우리들은 저마다 개들에게 집을 맡기고
씩씩하게 코를 골며 남의 잠을 잔다
안타까운 몸짓으로 낮의 꿈을 꾼다
——성난 표정이라도 좋다
노예들아 너희들의 얼굴을 보여다오
욕설이라도 좋다
노예들아 너희들의 목소리를 들려다오
그리고 한 번만이라도 생각해봐라
너희들의 주인이 누구인가를——
꿈속에 들려오는 귀에 익은 소리를
우리들은 잠에서 깰 때마다 잊는다

도다리를 먹으며

일찍부터 우리는 믿어왔다
우리가 하느님과 비슷하거나
하느님이 우리를 닮았으리라고

말하고 싶은 입과 가리고 싶은 성기의
왼쪽과 오른쪽 또는 오른쪽과 왼쪽에
눈과 귀와 팔과 다리를 하나씩 나누어 가진
우리는 언제나 왼쪽과 오른쪽을 견주어
저울과 바퀴를 만들고 벽을 쌓았다

나누지 않고는 견딜 수 없어
자유롭게 널려진 산과 들과 바다를
오른쪽과 왼쪽으로 나누고

우리의 몸과 똑같은 모양으로
인형과 훈장과 무기를 만들고
우리의 머리를 흉내내어
교회와 관청과 학교를 세웠다
마침내는 소리와 빛과 별까지도
왼쪽과 오른쪽으로 나누고

이제는 우리의 머리와 몸을 나누는 수밖에 없어
생선회를 안주삼아 술을 마신다
우리의 모습이 너무나 낯설어
온몸을 푸들푸들 떨고 있는
도다리의 몸뚱이를 산 채로 뜯어먹으며
묘하게도 두 눈이 오른쪽에 몰려붙었다고 웃지만

아직도 우리는 모르고 있다
오른쪽과 왼쪽 또는 왼쪽과 오른쪽으로
결코 나눌 수 없는
도다리가 도대체 무엇을 닮았는지를

내가 내일 죽게 된다면

내가 내일 죽게 된다면
편리한 교통과 우수한 약 아무 소용 없어
다시는 태어나지 않으리라

돈이 없으면 죽기도 겁이 나
우선 직장에서 가불을 받고
점포마다 가득 쌓인 상품들과
고별하리라

밀린 세금을 걱정하며
나를 괴롭히던 관리들을 만나
오늘 죽지 않으려고 또 비굴한
미소를 보내리라

사랑하는 여자를 찾아가
분명한 장래를 땀 흘려 약속하고
태어나지 못한 나의 자식들을 위하여
미사를 올리리라

나를 욕되게 할 모든 흔적을 없애버리고

죽은 나의 얼굴로 거미가 내려오지 않도록
방에는 살충제를 뿜어두고
목욕하리라

읽다 만 책은 마저 읽어치우고
라디오 시보에 정확한 시간을 맞추고
커피를 한 잔 마시면서 길이 남을
유언을 생각하리라

혼자서 죽기는 아무래도 두려워
마지막으로 나를 지켜줄
오랫동안 내가 잊었던 가난한
친구를 불러오리라

그리하여 내가 내일 죽게 된다면
아무도 보지 않는 눈 덮인 산맥 위로
떠오르는 아침 해를 보며
그저 한마디 "장엄하다"고 말하기 위하여
다시 태어나리라

희미한 옛사랑의 그림자

4·19가 나던 해 세밑
우리는 오후 다섯시에 만나
반갑게 악수를 나누고
불도 없이 차가운 방에 앉아
하얀 입김 뿜으며
열띤 토론을 벌였다
어리석게도 우리는 무엇인가를
정치와는 전혀 관계없는 무엇인가를
위해서 살리라 믿었던 것이다
결론 없는 모임을 끝낸 밤
혜화동 로터리에서 대포를 마시며
사랑과 아르바이트와 병역 문제 때문에
우리는 때묻지 않은 고민을 했고
아무도 귀기울이지 않는 노래를
누구도 흉내낼 수 없는 노래를
저마다 목청껏 불렀다
돈을 받지 않고 부르는 노래는
겨울밤 하늘로 올라가
별똥별이 되어 떨어졌다
그로부터 18년 오랜만에

우리는 모두 무엇인가 되어
혁명이 두려운 기성 세대가 되어
넥타이를 매고 다시 모였다
회비를 만 원씩 걷고
처자식들의 안부를 나누고
월급이 얼마인가 서로 물었다
치솟는 물가를 걱정하며
즐겁게 세상을 개탄하고
익숙하게 목소리를 낮추어
떠도는 이야기를 주고받았다
모두가 살기 위해 살고 있었다
아무도 이젠 노래를 부르지 않았다
적잖은 술과 비싼 안주를 남긴 채
우리는 달라진 전화번호를 적고 헤어졌다
몇이서는 포커를 하러 갔고
몇이서는 춤을 추러 갔고
몇이서는 허전하게 동숭동 길을 걸었다
돌돌 말은 달력을 소중하게 옆에 끼고
오랜 방황 끝에 되돌아온 곳
우리의 옛사랑이 피 흘린 곳에

낯선 건물들 수상하게 들어섰고
플라타너스 가로수들은 여전히 제자리에 서서
아직도 남아 있는 몇 개의 마른 잎 흔들며
우리의 고개를 떨구게 했다
부끄럽지 않은가
부끄럽지 않은가
바람의 속삭임 귓전으로 흘리며
우리는 짐짓 중년기의 건강을 이야기했고
또 한 발짝 깊숙이 늪으로 발을 옮겼다

Ⅲ
어린 게의 죽음

안개의 나라

언제나 안개가 짙은
안개의 나라에는
아무 일도 일어나지 않는다
어떤 일이 일어나도
안개 때문에
아무것도 보이지 않으므로
안개 속에 사노라면
안개에 익숙해져
아무것도 보려고 하지 않는다
안개의 나라에서는 그러므로
보려고 하지 말고
들어야 한다
듣지 않으면 살 수 없으므로
귀는 자꾸 커진다
하얀 안개의 귀를 가진
토끼 같은 사람들이
안개의 나라에 산다

對話演習

(안개의 나라에서 나는 많은 사람들과 친하게 지내고
싶었다. 그리고 물건을 살 때는 값을 깎아서 싸게 사고
싶었다. 그러나 나의 말은 전혀 통하지 않았다. 다음과
같은 대화의 기본 문형을 몰랐기 때문이었다.)

아니다
그렇지 않다
나는 반대한다

네
그렇습니다
저는 찬성합니다

물론이다
너는 언제나 찬성해야 한다
나를 반대하는 것은 있을 수 없다
너의 사전에는 반대란 말이 존재하지 않고
나의 사전에는 찬성이란 말이 존재하지 않는다

그러므로 우리는 같은 말을 쓰지만

우리의 사전은 서로 다릅니다
앞으로 더욱 주의하여
반대하시기 전에 찬성하도록 하겠습니다

보고 듣기

눈감으면
높은 산 보이지 않고
귀 막으면
파도 소리 들리지 않는다

눈뜨면
敵과 同志 어디에나 있고
귀기울이면
웃음과 울음 어디서나 들려온다

눈을 감은 동안에도
事件들은 쉴새없이 일어나고
귀를 막은 동안에도
電波는 공중 가득히 날아다닌다

나의 눈이 영원히 감겨도
자동차들은 앞을 다투며 달려갈 것이고
나의 귀가 영원히 막혀도
市場은 변함없이 소란할 것이다

얼마나 억울한 일인가
나 혼자 눈을 감는 것은
얼마나 어리석은 짓인가
나 혼자 귀를 막는 것은

幽　靈

쉿!

어둠 속을 달려가는
저 새카만 자동차를 보라
담배를 피우며 골목으로 사라지는
저 평복의 사나이를 보라
황폐한 땅 위에 번지는 기름 자국을
거리마다 널려진 쇳조각들을 보라

유령의 모습을 보지 못하는
당신들은 장님이다

숨쉴 때마다 가슴으로 스며들어
마침내는 우리를 질식시켜버릴 듯
흩날리는 먼지와 시멘트 가루 속에

유령의 소리를 듣지 못하는
당신들은 귀머거리다

어느 깊은 물 속엔가 가라앉아 썩고 있는

저 시체들의 소리를 들어보라
굴뚝마다 피어올라 하늘을 가득 채우는
저 부서지는 몸뚱이의 소리를 들어보라
꽉 다문 입에서 끝내 나오지 않는 신음 소리를
나무 한 그루 없는 모래 벌판에 울려오는 저 구령 소리
를 들어보라

쉿!

아르헨티나

광막한 초원으로
가우초는 평화롭게 소떼를 몰고

태초에 없었던 길을
흘러가는 강물은
비탈진 굽이마다
폭포가 되어 떨어지고

밤만 되면 軍部는
쿠데타를 일으키고

아르헨티나

내 사랑하는
탱고의 나라
敵이 없어 언제나
불행한 나라

생각과 사이

시인은 오로지 시만을 생각하고
정치가는 오로지 정치만을 생각하고
경제인은 오로지 경제만을 생각하고
근로자는 오로지 노동만을 생각하고
법관은 오로지 법만을 생각하고
군인은 오로지 전쟁만을 생각하고
기사는 오로지 공장만을 생각하고
농민은 오로지 농사만을 생각하고
관리는 오로지 관청만을 생각하고
학자는 오로지 학문만을 생각한다면

이 세상이 낙원이 될 것 같지만 사실은

시와 정치의 사이
정치와 경제의 사이
경제와 노동의 사이
노동과 법의 사이
법과 전쟁의 사이
전쟁과 공장의 사이
공장과 농사의 사이

농사와 관청의 사이
관청과 학문의 사이를

생각하는 사람이 없으면 다만

휴지와
권력과
돈과
착취와
형무소와
폐허와
공해와
농약과
억압과
통계가

남을 뿐이다

소

산비탈에 비를 맞으며
소가 한 마리 서 있다
누군가 끌어가기를 기다리며
멍청하게 그냥 서 있다

소는 부지런히 많은 논밭을 갈았고
소는 젖으로 많은 아이를 길렀고
소는 고기로 많은 사람을 살찌게 했다

도살장으로 가는 트럭 위에
소들이 가득 실려 있다
죽으러 가는지를 알면서도
유순하게 그냥 실려 있다

소들은 왜 끌려만 다니는가
소들은 왜 죽으러 가는가
소들은 왜 뿔을 가지고 있는가

歲時記

봄이 오면 그들은 깨어날 것이다
기지개를 켜며 일어나려 할 것이다
일어나지 못하게 하라
아침의 잠자리가 얼마나 달콤한지
그들로 하여금 알도록 하라

바위가 무질서하게 널려진 산은
보기 좋게 정리하고
재목으로 쓸 나무만 골라 심어
똑바로 자라게 하라

아카시아숲을 지나며 가시에 찔려
상처마다 꽃내음을 지닌
초여름 바람으로 그들을 즐겁게 하라

한 달 내내 가문 유월의 햇빛으로
그들을 목마르게 하고
한 달 내내 쏟아지는 칠월의 장마비로
그들을 물에 잠기게 하라

꾸불꾸불 굽이치는 강물은
똑바로 흐르게 하고
제방 위의 아파트에서 태어난 아이에게는
이름 대신 번호를 붙이게 하라

산봉우리를 뒤덮으며
마을 뒤 소나무숲으로 내려오는
늦가을 안개구름으로 그들을 겁나게 하라

겨울이 되면 그들은 추위할 것이다
온몸을 떨며 불가로 다가오려 할 것이다
다가오지 못하게 하라
겨울이 가면 봄이 온다 말하고
그들로 하여금 겨울잠이 들도록 하라

작은 사내들

작아진다
자꾸만 작아진다
성장을 멈추기 전에 그들은 벌써 작아지기 시작했다
첫사랑을 알기 전에 이미 전쟁을 헤아리며 작아지기
시작했다
그들은 나이를 먹을수록 자꾸만 작아진다
하품을 하다가 뚝 그치며 작아지고
끔찍한 악몽에 몸서리치며 작아지고
노크 소리가 날 때마다 깜짝 놀라 작아지고
푸른 신호등 앞에서도 주춤하다 작아진다
그들은 어서 빨리 늙지 않음을 한탄하며 작아진다
얼굴 가리고 신문을 보며 세상이 너무나 평온하여 작
아진다
넥타이를 매고 보기 좋게 일렬로 서서 작아지고
모두가 장사를 해 돈 벌 생각을 하며 작아지고
들리지 않는 명령에 귀기울이며 작아지고
제복처럼 같은 말을 되풀이하며 작아지고
보이지 않는 적과 싸우며 작아지고
수많은 모임을 갖고 박수를 치며 작아지고
권력의 점심을 얻어먹고 이를 쑤시며 작아지고

배가 나와 열심히 골프를 치며 작아지고
칵테일 파티에 가서 양주를 마시며 작아지고
이제는 너무 커진 아내를 안으며 작아진다

작아졌다
그들은 마침내 작아졌다
마당에서 추녀 끝으로 날으는 눈치 빠른 참새보다도
작아졌다
그들은 이제 마스크를 쓴 채 담배를 피울 줄 알고
우습지 않을 때 가장 크게 웃을 줄 알고
슬프지 않은 일도 진지하게 오랫동안 슬퍼할 줄 알고
기쁜 일은 깊숙이 숨겨둘 줄 알고
모든 분노를 적절하게 계산할 줄 알고
속마음을 이야기 않고 서로들 성난 눈초리로 바라볼
줄 알고
아무도 묻지 않는 의문은 생각하지 않을 줄 알고
미결감을 지날 때마다 자신의 다행함을 느낄 줄 알고
비가 오면 제각기 우산을 받고 골목길로 걸을 줄 알고
들판에서 춤추는 대신 술집에서 가성으로 노래부를 줄
알고

사랑할 때도 비경제적인 기다란 애무를 절약할 줄 안다
그렇다
작아졌다
그들은 충분히 작아졌다
성명과 직업과 연령만 남고
그들은 이제 너무 작아져 보이지 않는다

그러므로 더 이상 작아질 수 없다

法 院

지루하게 긴 생애를 살아
허리 굽은 노인이
종교를 믿지 않고
법원으로 간다

아무도 반기지 않는 사무실마다
쌓여 있는 기록과 법령집들
미농지와 도장과 재떨이 사이에
법이 있으리라 믿으며
억울한 노인은 지팡이를 끌고
아득히 긴 회랑을 헤맨다

법을 끝내 찾지 못하고
어두운 현관문을 나서며
노인은 드디어 깨닫는다
법원은 하나의 건물이라고
검사실과 판사실과 법정뿐만 아니라
구내식당 다방 이발소 양복점이 있고
주차장에는 자동차들이 즐비한
법원은 호텔처럼 커다란 건물이라고

어린 게의 죽음

어미를 따라 잡힌
어린 게 한 마리

큰 게들이 새끼줄에 묶여
거품을 뿜으며 헛발질할 때
게장수의 구럭을 빠져나와
옆으로 옆으로 아스팔트를 기어간다
개펄에서 숨바꼭질하던 시절
바다의 자유는 어디 있을까
눈을 세워 사방을 두리번거리다
달려오는 군용 트럭에 깔려
길바닥에 터져 죽는다

먼지 속에 썩어가는 어린 게의 시체
아무도 보지 않는 찬란한 빛

電 氣

남녘의 작은 마을 반딧골까지
전기가 들온 지 벌써 20년
다가오는 昇壓을 앞두고
전기는 우리를 생각케 한다
메마른 논밭에 물을 퍼주고
어둠을 밝혀주는 고마운 전기
전기 없이는 못 사는 우리

송전 철탑이 哨兵처럼 지키고 선
저 둑 너머에 호수가 있다고 한다
거인들이 공룡과 놀며
그 새끼들을 기르는 곳
아무도 그곳에 가보지 못했지만
넘치는 물을 막아 그들은
둑 밑으로 전기를 보낸다고 한다
수만 볼트의 고압선을 달려와
냉장고를 팔아주는 편리한 전기
컴퓨터를 돌려주는 위대한 전기
전기는 우리를 즐겁게 한다

송전 철탑이 거인처럼 우뚝 선
저 산 너머에 발전소가 있다고 한다
배전선 뒤얽힌 변압기에
요염한 독사들의 넋이 서린 곳
바람도 겁이 나서 윙윙거리며 지나간다
感電되어 쓰러진 시체를 넘어
우리를 찾아오는 신기한 전기
숫자만을 보여주는 냉철한 전기
전기는 우리를 놀라게 한다

전기는 언제나 우리에게로 온다
반딧골 하늘을 유유히 떠돌다가
쏜살같이 지붕 위로 내려앉고
고양이처럼 살금살금 숨어다니며
얼굴도 없이 우리를 감시한다
우리의 살갗을 하얗게 바래주고
더욱 짙은 어둠을 가르쳐주는 불안한 전기
전기는 멎을 뿐 되돌아가지 않는다
궂은 날이면 물 묻은 손을 전율시키고
우리의 심장이 새까맣게 타버리기를

끈질기게 기다린다
우리를 위협하는 음흉한 전기
사형을 집행하는 잔인한 전기
전기는 우리를 무섭게 한다

전기의 압력을 높이기 위해
보다 많은 송전 철탑을 세우기 위해
그리고 연체료 10% 가산이 두려워
우리는 전기 요금을 제 발로 갖다낸다
우리를 노예로 만든 교활한 전기
전기에 감사하는 비겁한 우리

上 行

가을 연기 자욱한 저녁 들판으로
상행 열차를 타고 平澤을 지나갈 때
흔들리는 차창에서 너는
문득 낯선 얼굴을 발견할지도 모른다
그것이 너의 모습이라고 생각지 말아다오
오징어를 씹으며 화투판을 벌이는
낯익은 얼굴들이 네 곁에 있지 않으냐
황혼 속에 고함치는 원색의 지붕들과
잠자리처럼 파들거리는 TV 안테나들
흥미 있는 주간지를 보며
고개를 끄덕여다오
농약으로 질식한 풀벌레의 울음 같은
심야 방송이 잠든 뒤의 전파 소리 같은
듣기 힘든 소리에 귀기울이지 말아다오
확성기마다 울려나오는 힘찬 노래와
고속도로를 달려가는 자동차 소리는 얼마나 경쾌하냐
옛부터 인생은 여행에 비유되었으니
맥주나 콜라를 마시며
즐거운 여행을 해다오
되도록 생각을 하지 말아다오

놀라울 때는 다만
"아!"라고 말해다오
보다 긴 말을 하고 싶으면 침묵해다오
침묵이 어색할 때는
오랫동안 가문 날씨에 관하여
아르헨티나의 축구 경기에 관하여
성장하는 GNP와 증권 시세에 관하여
이야기해다오
너를 위하여
그리고 나를 위하여

少額株主의 祈禱

전지전능한 하느님!

이미 알고 계시겠지만 얼마 전에 고층 건물이 하나 쓰러졌습니다.

강철과 시멘트로 지은 79층, 그 튼튼한 건물이 그처럼 갑자기 무너지리라고는 아무도 생각지 못했습니다. 저도 물론 예외는 아니었습니다. 어느 재벌의 소유인지는 몰라도 도심에 우뚝 솟은 그 빌딩은 멀리 떨어진 우리집에서 바라보아도 저것이 국력이거니 마음 든든했고, 언젠가 나도 주머니 사정이 허락하면 저 꼭대기 스카이라운지에 올라가 오렌지 주스라도 한잔 마셔보리라 생각했었습니다. 그런데 어느 날 갑자기 이 고층 건물이 쓰러진 것입니다.

더구나 그 건물이 우리집 쪽을 향해 쓰러진 덕택으로 그 옥상에 설치되었던 용량 3,000t짜리 냉각탑이 멀리 날아와 우리집에 떨어지며 순식간에 저의 가족과 재산을 앗아가고 말았습니다. 너무나 놀라운 일이라 저는 슬퍼할 겨를도 없습니다. 믿을 수 없는 이 사실 앞에 저는 다만 갈피를 잡을 수가 없을 따름입니다.

아시다시피 저는 선량한 시민이자 모범적 가장으로 평생을 살아왔습니다.

저의 이력서 및 신원 조회 서류를 참조하면 아시겠지

만 저는 여태껏 한번도 이 사회의 법과 질서를 어긴 적이 없습니다. 어려서부터 부모님께 효도했고, 스승을 존경했고, 국방의 의무를 다했으며, 처자식을 사랑했고, 세금을 언제나 기일내에 납부했고, 신앙 생활을 돈독히 했으며, 여유 있는 대로 저축을 했고, 우리나라에서도 석유가 쏟아져나오기를 남달리 속으로 기원했습니다. 담배도 피우지 않고, 술도 마시지 않고, 여자를 가까이하지 않으며, 요즘 와서는 커피까지 끊었습니다. 물론 거액의 방위 성금을 낼 처지는 못 되지만 그래도 육교를 오르내릴 때 계단에 엎드린 거지에게 10원짜리 한 개를 던지지 않고 지나간 적은 없습니다.

그런데도 졸지에 가족과 재산을 잃은 저는 천벌을 받았음에 틀림없습니다. 하지만 저는 아직도 알 수가 없습니다. 제가 과연 무슨 천벌을 받을 죄를 지었습니까.

하느님, 저에게 이성을 되돌려주시어 저로 하여금 올바르게 생각할 힘을 주옵소서. 잃어버린 저의 가족과 재산을 정당하게 슬퍼할 능력을 저에게 주옵소서. 그리고 계속하여 약속된 미래, 낙원의 땅을 믿게 하여주옵소서.

아 멘.

재미없는 마술사

　어느 날 마술사가 곡예단을 이끌고 우리 마을에 들왔
다. 아무도 그를 부른 사람은 없었다.

　마술사는 서부의 무법자처럼 쌍권총을 차고 있었다.
신기한 그의 사격 솜씨는 단 한 발에 날아가는 새를 떨어
뜨렸고, 500m 전방의 코카콜라 병뚜껑을 맞혔다.
　하지만 이미 커크 더글러스가 나오는 영화를 본 사람
들은 그의 묘기에 곧 싫증이 났다.

　그러자 그는 자기의 목에다 대고 총을 쏘았다. 사람들
은 놀랐으나 그는 죽지 않았다.
　"저건 가짜총이다!" 한 사나이가 말했다.
　"가짜총이라고 말한 분 나와보시오." 마술사는 웃으며
말했다.
　마술사는 그 사나이에게 총을 쏘았다. 그 사나이는 대
번에 피를 흘리며 쓰러졌다.
　"살인이다!" 사람들은 외쳤다.
　"살인이라고 말한 분 나와보시오." 마술사는 엄숙하게
말했다. 아무도 선뜻 나서지 못했다.
　"나는 불사신이오. 나를 믿지 못하는 사람은 목숨을 잃
게 될 것이오." 마술사는 위협적으로 말했다.

그때부터 마을 사람들은 매일 아침 9시부터 저녁 6시까지 억지로 재미없는 마술을 구경해야만 했다. 경건한 자세로 대오를 맞춰 서서, 그의 마술이 끝날 때마다 일제히 박수를 치고 열광적인 환성을 올려야만 했다. 그렇지 않으면 곡예단원들이 채찍을 휘둘러댔다.

그의 쌍권총이 한 자루는 진짜총이고, 한 자루는 가짜총이라는 것을 곧 알게 되었지만 아무도 그런 말을 입 밖에 내지 못했다.

드디어 이 장기 흥행의 소문이 퍼져, 세무서에서 관리가 나왔다. 마술사는 우리에게서 매일 거둔 구경 값으로 세금을 냈다. 경찰서에서 경관이 오자 마을 사람들은 마술사를 쫓아내달라고 부탁했다. 그러나 경관은 "단속할 법규가 없다"고 그냥 돌아갔다.

이제 우리에겐 자조와 협동의 길밖에 남지 않았다. 그리하여 내일부터는 아무도 마술을 보러 가지 않기로 결정했다.

과연 그렇게 될지 우리는 가슴을 두근거리며 내일을 기다리고 있다.

늦깎이

우리는 우연히 형제로 태어나
병정놀이를 좋아하던 형은
훈장을 많이 탄 장군이 되었고
그림 그리기를 좋아하던 나는
돌멩이에 페인트 칠하는 사병이 되었다
인생은 때로 그런 것이지
하지만 앞으로 달라질 거야
제대할 날짜를 손꼽아 기다리며
나는 그렇게 생각했었다
우리는 또한 남매로 태어나
인형처럼 똑똑하던 누나는
돈 많은 회장댁 사모님이 되었고
울기를 잘하던 나는
안경을 쓴 근로자가 되었다
인생은 참으로 알 수 없는 것이지
하지만 누구나 자기 길을 가는 거니까
오지 않는 버스를 기다리며
나는 그렇게 생각했다
우리는 결국 동포로 태어나
더러는 우리를 다스리는 관리가 되었고

개처럼 충실한 월급쟁이가 되었고
꽁치를 사들고 가는 아주머니가 되었고
더러는 우리 손으로 지은 감옥에 갇혔다
언제나 달라지며 그대로 있는
역사는 어차피 이긴 사람의 편
그러나 진 쪽의 수효는 항상 더 많았지
이제 처음부터 다시 시작할 수는 없지만
이대로 끝내서는 안 되겠다고
나는 요즘서야 생각한다

말과 삶이 어울리는 단순성

김 　 주 　 연

I. 현실과 정직성에 대하여

난해한 현대시의 시대에 시에 대한 지식을 익힌 우리들은 관제탑의 노예가 되어 날으는 현대 시인들의 복잡한 여러 가지 기술을 알고 있다. 그 기술의 연마 시기에 시를 관찰하는 법을 익힌 나로서는 김광규를 다시 만났을 때, 나는 나의 시 관찰법이 상당히 관념적이었다는 것을 깨달아야 했다. 김광규의 시에 대해서 말한다는 것은, 그러므로 허망한 말의 기술로부터 나 자신 생활 속의 말로 돌아온다는 것을 우선 뜻한다. 그런 의미에서 그는 나에게 시 독해의 계몽주의자이다.

그러나 시인 김광규 그 자신은 아무런 계몽주의자가 아니다. 비단 계몽주의자 운운으로 이야기될 것이 아니라, 그 어떤 '주의'도 그와는 철저하게 무관하다. 도대체 그는 무엇을 내세우지 않기 때문이다. 세상이 어떠어떠하다는 것을 목청 높여 말하려고 하지도 않으며, 자기 자신의 처지나 이념 혹은 감상을 그럴싸한 목소리의 단장으로 드러내려고 하지도 않는다. 세상에는 또 아무것도 내세우지 않는다는 점을 특히 강조해 내세우려고 하는 시인들도 있는데, 그는 이런 일도 전혀 하지 않는다. 그러면 도대체 그는 무엇을 하는가. 그가 하고 있는 것은 시를, 마치 생활을 하듯 그대로 시를 쓰고 있을 뿐이다. 따라서 그의 시의 말들은 그의 생활이며, 생활의 숨소리가 곧 시가 된다. 이 점은 생활, 다시 말해서 삶과 그 삶을 지배하는 원리로서의 언어, 다시 말해서 윤리적 결단이 유리될 대로 유리되어 그 틈새가 벌어질 대로 벌어진 오늘 우리의 현실에서는 하나의 희귀한 생활 양태이자 곧 문화 양태를 보여주는 셈이 된다. 따지고 보면 범상하기 짝이 없는 이 단순성이 대체 어떤 대단한 의미를 가질 수 있는가. 혹은 그것이 대단한 의미를 가진다면, 이 시인은 그토록 대단한 단순성을 어떤 식으로 이룩하고 있는가. 나의 시 독해법에 정직한 가르침을 보여준 그에게 이 글은 내 쪽에서 보내는 한 장의 리포트가 될 것이다.

김광규가 처음 뜻을 둔 문학의 관심 분야는 원래 시는 아니었다. 철없는 사춘기 시절 이래 20여 년 동안 그를 옆에서 보아온 나로서 글의 첫머리에 왜 이 대목부터 생각이 나는지 나로서도 잘 알 수 없는 일이다. 아무튼 그는 열광적인 문학 소년이었으며, 그는 소설을 쓰고 싶어했다. 실상 그는 10대에 이미 소설을 썼고, 그것은 그 나름대로 당시에 상당한 주목을 받았었다. 그러던 그가 마치 정확한 병명조차 모르고 시름시름 앓듯, 차츰 소설을 멀리해갔다. 그는 글쓰는 일에서 완전히 벗어난 듯 보였고, 외국 유학을 했고, 대학 교수가 되었다. 그런 식으로 그의 삶은 자리잡아나가는 듯했다. 그러던 그가 30대의 평범한 가장으로 불쑥 시 몇 편을 들고 나타난 것이다. 75년의 일이다. 나는 아직 활자화되지 않은 원고로 된 그의 시를 읽으면서 묘한 감동을 느꼈다. 감동이라고 해야 나의 정서 밑바닥을 훑는 흥분의 그것이 아니라, 무어라 말하기 힘든 담박한 어떤 **통일감**이었다. 그때 그 통일감을 이제 나는 **시인의 정직성**이라는 말로 부르고자 하는데, 아마 그는 이 정직성에 도달하기 위해 오랫동안의 시간을 묵묵히 기다리고 있었던 것이 아닌가 싶다. 다시 말해서, 그는 그가 시를 쓰기 시작하게 된 어느 날까지 그 사이에 먼저 글을 쓴다면 정직성을 얻지 못할 것으로 생각했던 것이 아니었나 생각된다. 이것은 그에게 있어 그의 말을 가능하게 하는 생활의 기본이 확보되지 않았던 것으로 느껴졌던 것이 아니냐는 추측이다. 말하자면 그는 신비주의적인 문학의 모티프를 잃어버린 후 그에 상응하는 현실을 얻지 못하고 방황하다가 훨씬 나이 든 다음에서야 비로소 문학이라는 말과 현실이라는 삶과의 관계를 아주 정직하게 발견하게 되었던 것이 아닐까. 그가 어린 시절 꿈꾸었던 신비적인 문학의 세계와 이제 그것이 다만 '신비'였다고 자신있게 피력할 수 있게 된 심리의 거리는 데뷔작에서 이미 명백히 나타난 바 있다.

내 어렸을 적 고향에는 신비로운 산이 하나 있었다.
아무도 올라가본 적이 없는 靈山이었다.

靈山은 낮에 보이지 않았다.
산허리까지 잠긴 짙은 안개와 그 위를 덮은 구름으로 하여
靈山은 어렴풋이 그 있는 곳만을 짐작할 수 있을 뿐이었다.

靈山은 밤에도 잘 보이지 않았다.
구름 없이 맑은 밤하늘 달빛 속에 또는 별빛 속에 거무스
레 그 모습을 나타내는 수도 있지만 그 모양이 어떠하며 높
이가 얼마나 되는지는 알 수 없었다.

내 마음을 떠나지 않는 靈山이 불현듯 보고 싶어 고속버
스를 타고 고향에 내려갔더니 이상하게도 靈山은 온데간데
없어지고 이미 낯설은 마을 사람들에게 물어보니 그런 산은
이곳에 없다고 한다.   ——「靈山」전문

뒤에 그는 「늦깎이」라는 작품도 썼지만, 아무튼 그는
뒤늦게 「영산(靈山)」이란 현실적으로 존재하지 않음을 깨
닫는다. 그러고 나서 그는 언어·빛 등의 매체를 발견한
다. 김광규로서는 환상과 꿈의 현실에서 멀리 달아나온
것이다. 「영산(靈山)」과 함께 발표한 「유무(有無 1)」「영
산(靈山)」「시론(詩論)」등의 작품은 이런 그의 출발점을
은밀하게 암시하고 있다.

染料商 붉은 벽돌집
봄비에 젖어
色相表에도 없는 낯설은 색깔을 낸다 ——「有無 1」부분

색상표에 있는 색깔, 혹은 색상표와 상관없이 막연한
꿈속에 보아온 색깔 그 어느 것도 아닌, 벽돌집이 봄비에
젖어 내놓는 "낯설은 색깔"은 김광규가 시인으로서 자신
의 색깔을 내기 시작하는 최초의 순간이다. 색상표에 있
는 색깔이나 꿈속의 색깔만을 색깔로 보지 않는 낯선 의
식은 그 스스로서도 발견하지 못했던 낯선 순간이다. 그
러나 '봄비에 젖은 낯설은 색깔'은 실재한다. 여기서부터
시인 의식이 생겨나는 것이다. 중요한 것은 대상으로서의
단순한 사물 그 자체도, 그리고 그것을 바라보는 인간의
눈 그 자체만도 아니라는 의식 속에 그는 선다. 그것이
그의 "낯설은 색깔"이다.

> 아무도 눈여겨보지 않은 이 색깔
> 지붕에 벽에 잠시 머물다
> 슬며시 그 집을 떠난다
>
> 보일 듯 잡힐 듯 그 색깔 따라
> 눈이 좋은 비둘기는
> 鍾樂이 울리는
> 아지랑이 속으로 날아간다　　　　　——「有無 1」 부분

여기서 「유무(有無)」라는 제목이 강력히 암시하는 함축
의 의미가 전개된다. 색상표에 없는, 기껏 봄비의 물기에
의해 순간적으로 존재했던 그 "낯설은 색깔"은 그저 "지
붕에 벽에 잠시 머물" 뿐, "슬며시 그 집을 떠"나는 것이

다. 즉 낯선 색깔은 없어지는 것이다. "눈이 좋은 비둘기"를 삼인칭의 주어로 내세워 비둘기만은 아지랑이 속에서 그 알 듯 말 듯한 색깔을 따라간다고 적고 있으나, 그와 같은 묘사가 말해주는 것은, 바로 있지도 않고 없지도 않은 어떤 매체의 존재에 관한 것이다. 있기도 한 것 같고 없기도 한 것 같은 매체를 통해 현실과 존재의 실상과 가상을 묻고 있는 것이다. 실상 우리들 범상한 사람들로서도 우리가 어떤 실재를 본다는 것은, 그 실재에 닿는 빛을 보는 것인가, 그 실재와 다른 무엇이 부딪쳐 내는 소리를 듣는 것인가 하는 의심에 빠지는 일이 적지 않은데, 매체에 대한 관심은 여기서 자연스럽게 발생할 수 있는 것이다. 현실보다 신비를 먼저 보기 시작한 김광규가 매체어로 눈과 의식이 돌아서기 시작했다는 것은 그러므로 귀중하면서도 자연스러운 발전이라고 할 만하다.

> 날다 지쳐 마침내 되돌아온 비둘기
> 옆집 TV 안테나 위에 앉아
> 染料가 지저분한 벽돌집을 물끄러미 바라본다
> ──「有無 1」 부분

"날다 지쳐"라는 표현이 다소 어색하지만, 이 끝부분은 비둘기로 내세운 그의 시적 자아가 현실과 만나는 장면을 말해주는 것으로서 주목된다. 비록 "염료(染料)가 지저분한 벽돌집"일망정, 그리고 바라보는 꿈이 "물끄러미"로 그려지고 있을지언정, 시인에겐 이제 현실과 불가피하게 대응할 수밖에 없는 상황이 마침내 성립한 것이다. 그러나 이렇게 출발한 김광규의 시인 의식 속에 있어서 매체, 즉 색깔이나 언어에 대한 그의 생각은 현실을 받아들이는 데에 있어서 아주 걸맞고 투명한 도구로 생각되었던 것은 물론 아니다. 이즈음 오히려 그는 그것을 회의한다.

> 우리가 잠시 빌어 쓰는
> 이름이 아니라 약속이 아니라
> 한 마리 참새의 지저귐도 적을 수 없는
> 언제나 벗어던져 구겨진
>
> 언어는 불충족한
> 소리의 옷
>
> 받침을 주렁주렁 단 모국어들이
> 쓰기도 전에 닳아빠져도
> 언어와 더불어 사는 사람은
> 두려워하지 않고 슬퍼하지 않고
> 아무런 축복도 기다리지 않고　　　　　——「詩論」 부분

　그가 발견한 언어는 이처럼 "불충족한" 것이다. 그저 "소리의 옷"일 뿐 사물 자체가 될 수 없다. 물론 현실 자체일 수 없는 데에서 언어의 진실스럽지 못함도 드러난다. 그러나 그런 언어라 하더라도 그 언어와 더불어 사는 사람은 구태여 두려워할 것도 슬퍼할 것도 또한 축복을 기다릴 것도 없다. 그것은 언어의 힘없음을 통감해서가 아니라, 언어가 애당초 그와 같은 공리적인 힘과는 무관

함을 깨닫고 있기 때문이다. 언어는 그 애매모호한 '낯설은 색깔'로 사물의 모습을 있는 그대로 말해주려고 뒤쫓아 뛰는 것만으로도 숨이 차다. 여기서 이 시인이 발견한 현실과 언어, 말과 삶과의 관계에 대한 정직한 인식의 발상이 드러난다. 「시론(詩論)」이란 작품 자체의 짜임새는 다른 작품들에 비해 좀 성긴 것 같지만 이런 그의 의도가 잘 반영되고 있다는 점에서 주의깊게 읽혀질 필요가 있다.

Ⅱ. 시적 대상의 시적 자아화

애매모호한 매체에 대한 인식을 통해 김광규가 처음 발견한 현실은, 매우 무력한, 맥빠진 현실이다. 다이나믹한 생명의 힘이 결여된, 기껏해야 "물의 소리"로 전해지는 현실이며, 그런 현실은 "사내들을 자꾸 작아지게" 하는 현실이다. 그리고 그가 발견한 이런 현실은 우리의 그것과 그대로 상응한다. 이런 나의 지적은 그가 한편으로는 그 자신의 내부로부터 어쩔 수 없이 그런 현실을 만나게 되었다는 점과 함께 우리의 현실 자체가 삶의 싱싱한 동력학을 잃은 자리라는 점을 같이 포함하려고 하는 것이다. 이런 상황은 「물의 소리」에서의 '물'이 아주 현실적으로 쓰여지고 있는 데에서도 쉽게 나타난다.

끝없는 渴症을 술로 빚어 마시고
물을 모방하여 神을 만들고
石油를 파내어 물을 배반하고
낮에는 살을 움직여 얼굴을 웃고

밤에는 둘씩 만나 어색한 장난을 하고
더럽혀진 몸뚱이를 다시 물로 씻는다
——「물의 소리」 부분

　「물의 소리」에서의 물이 별다른 신화적 상징이나 특별
한 비유로 쓰여지지 않고, 그저 자연의 평범한 한 표상을
대변하고 있다는 것은 잘 알 수 있는 일이다. 따라서「물
의 소리」의 물이 노여워하고 있는 것은, 자연을 잃어버린
도시화된 건조한 삶이다. 그런 삶이란 김광규에 있어서
바로 무력한 삶으로 인식된다. ‘물’이 이렇듯 힘의 표상
으로 등장하는 것은, "욕망의 모습으로/괴어 있는/물/흐
르는 물/밀려오는 물의/가득한/두려움"(「물의 힘」)과 같
은 표현에서 잘 나타나며 뒤에「물의 모습 1, 2」로 이어
지기도 한다. 신비의 상실은 정당히 받아들여지지만, 그
것이 곧 힘의 상실로 뒤바뀌는 현실과 만나면서 그의 시
인 의식은 갈등을 일으키고 그리하여 최초의, 그 특유의
詩的 現實을 얻게 되는 것이다.
　그의 시적 현실은, 힘을 잃은, 왜소화된 인간의 생존
양태이다. 작품「작은 사내들」은 그 모습을 너무도 잘 보
여준다. "모두가 장사를 해 돈 벌 생각을 하며 작아지고/
들리지 않는 명령에 귀기울이며 작아지고/제복처럼 같은
말을 되풀이하며 작아지고/보이지 않는 적과 싸우며 작아
지고/[……]/이제는 너무 커진 아내를 안으며 작아진다."
확실히 데뷔 시절 그의 세계는 작아질 대로 작아져 싱싱
한 힘이라고는 찾을 길이 없어 보이는 현대인의 모습 묘
사에 지배되고 있다. 그러나 시인으로서 보다 확고한 그

100

의 시적 자아가 꿈틀거리기 시작한 것은 「물의 모습 1」을
발표하기 전후로 생각된다. 떨어지는 빗물의 모습에서 모
티프를 얻고 있는 이 시는 중반부에서 이렇게 전개된다.

땅을 적시고
땅 위에 괴었다가
땅속으로 스며들지 않고
물은 정답게 흘러간다

"땅 위에 괴었"으나 "땅속으로 스며들지 않고" 그들끼
리 그대로 흘러가는 빗물의 묘사는 그것만으로 평이하기
짝이 없는 풍경이다. 이 단순한 묘사는, 그러나 단순한
스케치가 아니다. 그 속에는 현실과 인생과의 기미를 놀
랄 만한 안목으로 포착한 경구가 숨어 더불어 흐르고 있
다. 이런 관찰은 시의 다음 부분에서 이어지는 보다 확대
된 묘사에서 더욱 예리하게 나타난다.

바다 밑으로 스며들지 않고
바다에 가득 괴었다가
바닷가로 다시 올라와
물은 그린란드의 무서운 얼음이 된다

그렇다면 힘인 물은 무엇인가? 다시 말해서 시인과 어
떤 관계가 있는가? 단순한 시적 대상인가? 아니면 시적
자아로의 성립인가? 여기에 김광규 시세계의 묘미가 있는
것 같다. 비단 「물의 모습 1」에서만 드러나는 현상이 아

닌 것으로서, 이 시인은 이른바 **묘사의 수법**을 즐기고 있는 것같이 보인다. 이 기법 위에 서 있는 시인들로서 우리는 김춘수·김종삼 이래 많은 시인들을 알고 있으나 그들이 특정한 어떤 시의 이념(가령 '순수시'라든가 하는)에 매달려 있음에 반해 김광규에 있어서는 그런 흔적이 전혀 나타나지 않는다(이 점은 꼭 김광규에게만 해당되는 이야기는 될 수 없다. 최근 많은 젊은 시인들에 있어서 이런 기법은 알게 모르게 상당히 확산되어 있으며, 상당한 상식의 원리로 받아들여지는 것 같기도 하다). 우선 「물의 모습 1」에 한정해서 말한다면, 물의 일생을 그 흘러가는 광경을 통해 담담히 묘사함으로써 시인은 물이라는 사물이 시적 대상으로 확연히 독자적으로 그 모습을 부각시키는 것만으로 자기 할 일을 마쳤다고 생각하지 않는 것이다. 그렇게 될 때, 그것은 일종의 **무의미의 시**(김춘수류의 그것을 상기해도 무방하다)일 수 있을 터인데, 김광규에게 그것은 그야말로 무의미해 보인다. 그에게 있어서 중요한 것은, 이런 묘사를 통해서 오히려 삶의 의미를 강력하게 이끌어내려는 그 환기 작용에 있는 것 같다. 그것은 이 시의 마지막 부분에서 완강하게 드러난다.

바다는 이미
땅이 끝나는 곳에서
시작되지 않는다

바다와 땅은 그에게 있어서 그렇게 명백한 경계로 구분되어 있지 않다. 바다는 잠시 물이 만나는 곳, 그 물은 무서운 힘으로 다시 땅에서 존재의 의미를 발휘한다. 시인은 적어도 그렇게 보고 있다. 또 그것을 시인은 **말하고자 한다.** 대상만을 드러내게 함으로써 시인 자신의 모습을 감추려고 하는 것이 아니라 **대상과 더불어서 시인이 함께 있으려고** 한다. 나는 김광규의 이런 시세계를 말과 삶이 어울리는 단순성의 세계라고 부르고 싶다.

말이 간단해 단순성의 세계이지, 이런 세계란 시인뿐 아니라 시를 이해하려는 사람의 입장에서도 쉽게 접근되기 힘든 세계다. 어쩌면 그것은 시를 쓰거나 시를 읽는 순간순간의 한 작은 이상일 것이다. 이런 단순성의 세계가 확보되려면 두 가지의 어려운 일이 그 나름대로 어떤 수준에 이르러야 하기 때문이다. 우선 무엇보다 세상의 사물들을 시의 대상으로 만들 줄 아는 능력이 있어야 한다. 사물에 시인이 마구잡이로 빠져들어서는 사물이 제 모습을 드러낼 리 없다. 즉 시적 대상이 되지 않는 것이다. 차분한 마음, 맑은 눈, 끈기 있는 손을 그것은 요구한다. 묘사의 기법도 이런 한에서 생겨나고 또 의의가 있는 것이다. 그러나 시적 대상을 형성하는 시는 어느 이념, 어떤 국면에서 시의 가치를 만족시키는 우수한 시일 수 있겠으나 그것이 우리 삶에 반드시 감동적인 시만은 아닐 수도 있다. 순수시, 혹은 절대시라는 개념에서 볼 수 있는 것처럼 그것은 고도의 관념 속에서 인간의 지적 능력을 훈련시키면서 문화 양태의 다양성을 열 수는 있으나, 그것이 꼭 한마디로 우리를 옭아매는 단순성의 감동을 가져오는 것은 아닐 수도 있다는 이야기다. 이렇게 볼 때, 하나의 범속한 사람의 입장에서 시적 대상을 탁월하

게 만드는 능력도 중요하지만, 그것을 우리 삶의 살아 있
는 어떤 구체적 양태와 직접적으로 연결하는 능력도 값진
것이다. 그런 연결이 하나의 표현에서 담박하게 나타날
때, 그것이 단순성의 세계가 아닐까 싶다. 따라서 시적
대상 못지않게 우리는 시인의 얼굴에 대한 시인 자신의
끊임없는 반영, 혹은 반성의 내색을 읽으려고 한다. 대상
과의 합일에서 일상적 자아를 넘어서는 시적 자아의 문제
를 말할 수 있겠으나, 그런 정도에 이르지 않는다 하더라
도 시인이 왜 이러저러한 시적 대상에 부심하고 있는가
하는 구체적인 삶의 사정이 문제된다는 것이다. 가령 다
음과 같은 몇몇 표현은 그런 두 가지 모습의 조각들이 어
울리고 있는 쉬운 보기들일 수 있겠다.

　　　내 사랑하는
　　　탱고의 나라
　　　敵이 없어 언제나
　　　불행한 나라　　　　　　　　　　　──「아르헨티나」 부분

　　　아침 까치는 이미
　　　아무런 기다림도 전하지 않는다
　　　십원을 아껴가며 참고 견뎌
　　　이제는 모든 것을 샅샅이 알아버렸다
　　　　　　　　　　　　　　　　　　　──「늦가을」 부분

　　　오버바이에른의 가을 마을에
　　　나는 때때로 안개가 되어

가버린 나에게
편지를 쓴다   ——「葉書」 부분

　　김광규에게 있어서 이 단순성의 세계는 그의 재질적인
문제와도 관계가 있겠으나, 그의 일련의 작품들은 그것이
보다 그의 문학적인 성장의 배경과 관련됨을 말해주는 듯
하다. 즉 앞서도 말한 바 있으나, 대상의 모색은 그의 잃
어버린 현실에 대한 상응물의 추구라는 관점에서 이해된
다. 그러나 그 대상은 그에게 명료하게 잘 나타나지 않는
다. 언어를 통해, 색깔을 통해(「보고 듣기」라는 함축적인
제목의 작품도 있다) 알려지지만, 소년기를 형성해준 신
비의 현실 자리를 마음에 꼭 맞게 채워주는 것은 아니다.
그 과정에서 그는 자연히 대상도 대상이지만 막상 자기
자신은 누구인가 하는 회의에 빠지게 된다. 말하자면 대
상과 시인과의 관계가 문제되는 것이다. 실제로 그는
「나」라는 제목을 붙여 이런 사정을 숨김없이 털어놓기도
한다.

그렇다면 나는
〔………〕
손님이고
주인이고
가장이지
오직 하나뿐인
나는 아니다   ——「나」 부분

'나'는 아버지의 아들이자, 동시에 아들의 아버지이며, 친구의 친구이자, 또한 적의 적이다. 이런 묘사 아닌 묘사로 시종하고 있는, 얼핏 기이하게 느껴지는 이 작품에서 우리가 건질 대목은 신비한 소년의 자아 수용에서 그가 시민적인 자아의 상대적 각성에 눈을 뜨면서 대상과 자아 사이를 왕래하기 시작하게 되었다는 점일 것이다. 그리하여 시인의 귀는 열리고 눈은 떠진다. 그러나 귀가 열리고 눈이 떠졌다고 해서, 대상이 제대로 드러나지 않는 세계에 그가 앉아 있다는 것을 알게 된 것이 그의 최초의 개안 성과이다. 여기서 대상은 대상으로서만 안주하지 않고 자아를 시인으로 격려 흥분시킨다. 현실의 비극이 시인의 단순성을 위한 귀중한 인식의 발판이 된 것이다. 어떤 에세이의 자리에서 그는 "죽음은 주체의 소멸이므로 모든 대상의 인식을 불가능하게 한다. 〔……〕 오늘날 우리의 의식과 욕망은 많이 조작되고 통제되는데 이것이야말로 진실한 삶을 기만하고 거짓된 죽음을 연습하는 어리석은 것이 아닐까" 하고 말하고 있는데, 그가 "조작되고 통제되는" 비극의 현실을 '죽음'으로까지 생각하고 있는 것을 보아도 대상에의 자유로운 파악과 이해가 삶의 진정한 모습과 얼마나 직접적인 관계를 이루는지 실감된다.

눈뜨면
敵과 同志 어디에나 있고
귀기울이면

웃음과 울음 어디서나 들려온다 ──「보고 듣기」부분

Ⅲ. 죽음 혹은 범속한 트임

시를 쓰기 시작한 지 이제 5년쯤 되는 김광규에게 있어서 아직 많은 작품의 양도, 더구나 그것들이 어떤 변모를 보여주는 것도 아니다. 그러나 그는 확실히 지난 시대(50, 60년대)의 시 작품들에 있어서 폐해로 지적되던 현상들을 처음부터 아예 보여주지 않고, 비교적 단순한 시세계를 구축해왔다. 그런 그가 그 단순성의 세계를 그야말로 놀라운 단순성으로 그려낸 뛰어난 한 편의 작품이 있는데, 이 작품과 더불어 나는 이제 이 시인이 바야흐로 심화하기 시작한 시인 의식의 깊이에 뛰어들어보고 싶다. 그 작품은 78년에 발표된 「어린 게의 죽음」이다.

어미를 따라 잡힌
어린 게 한 마리

큰 게들이 새끼줄에 묶여
거품을 뿜으며 헛발질할 때
게장수의 구력을 빠져나와
옆으로 옆으로 아스팔트를 기어간다
개펄에서 숨바꼭질하던 시절
바다의 자유는 어디 있을까
눈을 세워 사방을 두리번거리다
달려오는 군용 트럭에 깔려
길바닥에 터져 죽는다

먼지 속에 썩어가는 어린 게의 시체
아무도 보지 않는 찬란한 빛

——「어린 게의 죽음」 전문

아마도 현대 한국 시사의 한구석에 기록될 것이 틀림없을 이 짧은 시 한 편은 시인 김광규의 발전과 한국 시의 발전을 동시에 기약하게 될는지 모른다. 이 시는 그렇게 평가될 만한 여러 측면을 포함하고 있다. 얼핏 보기에 시장바닥 게장수의 풍경을 옆눈으로 일별하고 그것을 다만 스케치하고 있는 것에 불과해 보이는 이 시는, 그러나 몇몇 측면에서 흥미있게 분석될 수 있다. 우선 무엇보다 그것은 시적 대상을 죽음과 다를 바 없는 현실 속에서 찾아낸 시인이 그 죽음과의 대결에서 그가 장렬한 전사를 하고 있다는 사실이다. 이 시에서 게는 시적 대상이며 동시에 시적 자아이다. 처음에 그것은 게 한 마리가 어미게들 틈바구니에서 빠져나온다는 한 평범한 사물의 묘사에 의해 대상으로서 형성되기 시작한다. 그러다가 결국 군용트럭에 깔려 길바닥에 터져 죽는 것으로 끝나는데, 게는 여기서 죽음으로써 대상으로서 소멸되고 있는 것이 아니라 시적 자아로 이를테면 초월하고 있는 것이다. 그리하여 살아서 잡힌 게는 시인의 눈에 비친 대상이요, 죽어서 "먼지 속에 썩어가는 어린 게의 시체"는 시인 자신이 된다. 보고 듣는 것마다 죽음의 현실이며, 잃어버린 꿈의 세계는 찾을 수조차 없게 된 현실, 그리하여 "때때로 안개가 되어 가버린 나에게/편지를 쓰던" 시인은 마침내 군

용 트럭에 깔려 정말 죽어버린 것일까. 그렇다. 시인은
아주 죽어버린 것이다. 살아서는 기껏 안개와 같은 매체
에 가려, 안개가 매체인지 현실인지조차 구분할 수 없는,
"안개 때문에/아무것도 보이지 않"(「안개의 나라」)는 세계
에서 뛰어나와 그는 자신을 내어던져버린 것이다. 대상을
가리고 있던 마지막 커튼을 벗겨버린 것인데, 그것은 동
시에 자신의 삶을 삶답게 하지 못하고 있는, 결국 말을
말답게 하지 못하고 있는 허위의 너울을 벗어버린 것을
의미한다. 죽음의 나라에서 살기 위하여 그는 죽은 것이
다. 대상과 한몸뚱이가 되어버린다. 그렇게 해서 그의 시
는 단순성의 극화(極化)를 얻게 된 것이다.

　그렇다면 죽음의 나라에서 살기 위해 죽는다는 건 무
슨 뜻인가? 죽음의 현실 앞에 굴복한 것을 뜻하는가. 시
인은 그의 시적 자아를 완성시킨 마지막 부분에서 "먼지
속에 썩어가는 어린 게의 시체/아무도 보지 않는 찬란한
빛"이라고 적고 있다. 죽은 게가 무엇 때문에 찬란한 빛
을 발하는가. 물론 죽은 게가 그런 빛을 뿜을 리 없다.
그것을 통해 시적 자아를 완성한 시인의 의식이 그 빛을
찬란하게 보여주고 있을 뿐이다. 죽음의 현실을 눈과 귀
로만 보고 듣던 시인이 이제 "길바닥에 터져 죽"음으로써
관찰자의 한 가닥 허위 의식을 벗어던지고 대상의 차원에
서 시인의 자기 동일성을 획득한 것이다. 현실을 죽음으
로 계속해서 느낄 수밖에 없었던 억압에서 해방된 것이
다. 그것은 죽음과 같은 현실을 위해 선택한 죽음이 아니
라 시인이 자신의 시적 자아를 얻기 위해 행한 예술적 모
험인 것이다. 「어린 게의 죽음」을 쓰기 전후해서, 그는

죽음에 대해 비상한 관심을 보인다. 그것은 힘도 잃고, 자유도 잃은 현실의 죽음이 오히려 그것을 그렇게 받아들이는 시인 자신을 죽이고 있는 것이 아닌가 하는 의도적인 시점의 선정과 관련된다.

가위에 눌려 한밤중 꿈에서 깨어났을 때 나의 몸은 이미 수의에 싸여 관 속에 들어 있었고 귀에 익은 목소리들이 나의 죽음을 슬퍼했다.

〔………〕

화구에 불지피는 노인이 불방망이를 던졌다. 나는 선뜻 한 손으로 그것을 받아쥐고 눈부신 밝음 속으로 가뿟하게 날아올랐다.

〔………〕

그러나 나의 목소리는 그들에게 들리지 않았고 나의 모습은 그들에게 보이지 않았다.
돌아다보지도 않고 들어가 문을 잠그는 그들의 등뒤에서 나는 안타깝게 울부짖으며 잠드는 수밖에 없었다.
——「꿈과 잠」 부분부분

시인은 죽음을 통해 "눈부신 밝음 속으로 가뿟하게 날아"오른다. 그 날아오름을 통해 그는 다시 살아나는데, 살아 돌아와 가족 앞에 서건만, 가족들은 문을 잠그고,

시인은 안타깝게 울부짖으며 "잠드는 수밖에 없"게 된다. 시인의 이런 잠은 우리에게도 안타깝게 느껴지며, 그런 한에서 어떤 한계가 보이는 것도 사실이다. 「어린 게의 죽음」은 바로 이런 한계를 부수고 있다. 시인의 설 자리가 굳이 '잠'과 같은 어정쩡한 곳일 필요가 없어지고 '죽음' 그 자체를 통해 외계와의 통일을 이룩하게 되는 것이다.

　김광규의 시를 읽으면 불편한 가운데에서도 편안함을 느낀다. 그것은 시인 개인에게 있어 '죽음의 현실'로 받아들여지고 있는 현실이 우리에게도 곧 그렇게 느껴지기 때문이다. 시인의 개인성과 보편성의 일치라는, 굳이 어려운 설명이 필요할까. 그가 소년기 문학의 꿈을 잃고 오랫동안 침묵할 수밖에 없었던 까닭도 아마 거기에 있을지 모른다. 실상 이 시인이 이미 잃어버린 것으로 보고 있는 이른바 신비의 세계를 아직도 현실의 중요한 핵심 내용으로 보고 있는 성년 시인들이 얼마나 많은가. 김광규, 그는 그가 당하고 있는 현실의 억압 속에서 그 자신의 억압된 모습을 보고 있다. 혹은 그 반대로 말해도 좋다. 즉 그 자신이 받는 억압이 곧 우리의 억압된 현실이라고. 중요한 것은 그 두 가지가 그에게 있어 하나가 되고 있다는 사실일 따름이다. 그래서 우리는 그의 시에서 말과 현실이 동떨어져 있는 괴리의 느낌도 시인의 속과 밖의 현실이 찢기어져 있는 분열의 느낌도 가질 수 없다. 그러나 그것은 고통이 없는 조화의 세계가 아니다. 시인 스스로를 아프게 채찍질함으로써, 현실 그 자체를 또한 가열하게 몰아세우는 정직의 세계이다. 금년 봄에 그는 그의 시

세계의 방향을 짙게 암시했던「유무(有無) 1」의 속편이라
고 할「유무(有無) 2」를 발표했는데, '있으면서 없고, 없
으면서 있는,' 아직은 애매했던 신비와 현실의 착종 뒷이
야기를 다음과 같이 전하고 있다.

　　나비처럼 너풀너풀 날다가 어깨 위에 내려앉고, 살그머니
　손을 뻗치면 다람쥐처럼 재빨리 달아나고, 숨을 헐떡이며 쫓
　아가면 어느새 나의 몸 속으로 스며들어 가슴을 답답하게 했
　다.

　　언젠가 그것이 내 곁에 온 것을 붙잡은 적이 있었다. 뱀
　처럼 차갑고 미끈미끈한 것이 손에서 빠져나가려고 꿈틀댔
　다. 〔……〕

　　〔………〕

　　골목길을 되돌아나오며 나는 행인들과 자동차와 가로수와
　담배가게와 길가의 리어카에서 그것을 보고 놀랐다. 그것은
　이 세상 어디에나 있는 모습 같았다.
　　그러나 손으로 붙잡으려면 그것은 여전히 아무 곳에도 없
　었다.　　　　　　　　　　　　　　　——「有無 2」부분부분

여기에 이르면「영산(靈山)」에서 보았던 신비의 모습이
실제로 그의 생활 현장, 이를테면 시장이나 백화점에서
나타나는 신비의 범속화 현상이 가림 없이 드러난다. 그
리하여 시인의 손에 구체적으로 "생선이나 과일 또는 의

복"이 잡히기도 한다. 그러나 역시 그런 것들은 시인이 꿈꾸고 노려온 그것 자체는 아니다. 「영산(靈山)」 아닌 "세상 어디에나 있는 모습"에서 보면서 역시 붙잡으려면 아무 곳에도 없는 그것——바로 그것이 김광규의 시다. 범속한 트임을 통해 시인으로서의 정직성과 시점을 획득하면서 기계와 도시와 정치에 의해 왜소해질 대로 왜소해지고, 무력해질 대로 무력해진 현실을 부단히 비판하는 그의 겸허한 자기 확인이 그에게 영원히 붙잡히지 않는 삶과 시의 이상적 존재 양태를 환기시켜주고 있는 것이다. 그가 「어린 게의 죽음」에서 보여준 것과 같은 보다 과감한 예술적 모험에 정진해주기 바란다. ▨